KB043845

오늘의문학시인선 367

쉼표와 마침표

김응길 시집

오늘의문학사

국립중앙도서관 출판시도서목록(CIP)

쉼표와 마침표 : 김응길 제2시집 / 지은이: 김응길. -- 대전
: 오늘의문학사, 2016
    p. ;   cm. -- (오늘의문학시인선 ; 367)

ISBN 978-89-5669-739-0 03810 : ₩8000

한국 현대시[韓國 現代詩]

811.7-KDC6
895.715-DDC23   CIP2016003344

쉼표와 마침표

남남으로 태어나
한 때 어깨를 나란히 하고
길을 걷다가

다른 사람이
다른 사람을 부축하며
길을 걷다가

혼자가 되고
……

시간이 흘러
찾지 않은 길에
잡초만 무성하면

내 아이들이 그 길을 걸으며 말하리라
"이 길은 아무도 걷지 않은 길이야!"

돌고 돌아가는 세상길에서
걸을 수 있을 때
함께 손을 내밀어
마주 잡고 걸어갈 일이다.

삶의 뜨락에
작은 흔적痕迹을
만들게 도와주신 문학사랑 리헌석 회장님과
오래된 친구 이영옥 시인님 고맙습니다.
그리고 사랑하는 아내 임순옥 님에게
변함 없는 연서를 띄웁니다.

— 부여에서 김웅길

제2부 쉼표와 마침표

제3부 살며 사랑하며

제4부 백마강 소곡

제 1 부

그릴 수 없는 수채화

가난한 진실

당신의 마음 밭에
자리를 펴고
마음 팔러 나왔습니다.

진실 하나에
기대어 살기에는
너무나 가난한 세상

물비린내와 함께
하나 둘 가로등이 켜져도
아무도 없는 허공

당신께 마음 팔러 나왔습니다.
늘 가난한 진실
오늘도 바람만 붑니다.

가리개

몸에 난 상처는
옷으로 가리고

얼굴에 난 상처는
화장으로 가리고

내 마음에 난 상처는
네가 가리고

네 마음에 난 상처는
내가 가리고

우리 마음에 난 상처는
세월로 가리고.

잡초雜草

늘 그 자리에
뻗을 만큼 다리를 뻗고
소용돌이치는 세상에서
꼼짝하지 않는 것은
욕심 없이 살아가는
성품 탓이리.

그윽한 향기 뿜는
너의 옆에서
빈 마음 채우면
푸른 잎 위에
청개구리 한 마리
하늘 높이 뛰어오른다.

향수鄕愁

기다려도 오고
기다리지 않아도 오는
풀꽃들의 미소
들녘에 지천인 향기 속에
그리운 사람 더욱 그립습니다.

이 봄엔 나도
마음의 빗장을 풀고
그리운 가슴
해맑게 씻어서
사랑하는 사람 앞에 서고 싶습니다.

조금은 수줍은 듯
어색한 미소도
그대 앞에 보이며
그렇게 평생을
피었다 지고 싶습니다.

고민苦悶

비누 방울에
당신의 고민을
하나씩 담아 보세요.

다 날아가
쉽게 아주 쉽게
터져 버리니까.

웃는 얼굴

생긋 웃는 얼굴
미소 짓는 그대를 보면
행복이 태어난다.

공연히 우울할 때
아픔이나 괴로움을 제거할 때
강제로 웃어 보면 어떨까

누군가가 슬프게 보이고
하잘 것 없는 일에
말려 있는 것 같으면

목 단추를
조금 끌어 내리고
가슴을 부풀리고
웃음을 주라.

인생人生

지금까지
바람이
낙엽을
흔들고 있는 줄 알았습니다.

걷는 길
밟히는
낙엽들

스치는
바람을 붙잡고
투정 부리고 있는
낙엽들

낙엽에게
마음 붙들려
바람이 흔들리고 있습니다.

그릴 수 없는 수채화
— 同窓會

사거리 신호등 앞에서
어디로 방향을 잡아
얼마만한 속도로 가야할지
뻔히 알면서도
끼리끼리 무리지어 사는 세상

오늘 하루 머무는 이곳
긴 여운을 남기며
작은 공간에 갇혀
너와 나 남남으로
올려다보는 같은 하늘

스스로 쌓은 울타리 안에
나이만큼 간직한
크고 작은 눈빛을 하고
칼날 같은
이성을 달래며
술잔을 부딪친다.

만남과 만남 속
때로는 긴 침묵이

무기가 되어 버린 나이
부정도 긍정도 못한 채
애써 마음 감추며
미소를 짓는다.

봄날의 산책散策

미명의 아침
들풀에 맺힌 이슬
떠오른 해에
안녕하며 미소 짓다
사라질 무지개의 꿈

들뜬 마음 아랑곳없이
차가운 감성으로
더디 오는
동구 밖 봄의 여정은
서두는 기색조차 없다.

보송보송한 솜털 제치고
화사한 미소가 피어날
가녀린 나목裸木의 모습
아직은 등이 시린 맨살이다.

첫사랑의 숨결처럼
생채기내며 깨어질 것만 같은
후들거리며 숨이 멎는
바람에 안달하며

조바심 나는 마음 어이하랴

축복祝福의 신선한 마음으로
연서를 쓰고 싶어질 만큼
노란 산수유 앞세운
연분홍 복사꽃 어여삐 피었어라.

춘란春蘭

아파트 베란다
빠끔히 열린 찬바람
메마른 화분에
몇 개의 날개를 접고

無言의 침묵으로
시퍼렇게 입 다물고
작은 공간에서 몸부림치며
너의 고향 숲을 생각한 세월

이제
지긋이 비춰주는
작은 햇살에
작은 손끝 사랑으로

겁 없이 다리 뻗고
파란 기지개
애써 용트림 하며
고동치는 삶

지나간 시간 속

힘겹게 부정하려 하지만
그럴수록 넌
더욱 움 돋아

하나의 꽃으로
하나의 향기로
하나의 사랑으로
화분 가득 피어오를 것이다.

민들레

노오란 미소
그대에게 보이고 싶어
봄소식 버선발로 전해주고 싶어
봄이 다가기도 전에
노란빛이 다 바래도록
그대를 찾아다녔습니다.

봄은 오고
꽃은 노랗게 피었건만
그대 있는 곳이 아니어서
꽃은 그만
하얗게 하얗게
늙어버렸습니다.

봄비

모두 다 품지 못하고
갈등에 헤메는
가슴 작은 사내가
봄비와 속삭이고 있다.

마지막 남은 벚꽃 잎으로
생채기 난 도시의
보도블록 사이를 메우며
빗물은 흐르고 있다.

밑으로 밑으로 내려앉는
봄비
내려놓을수록 편안한
세월의 길목에 나는 서 있다.

꽃샘추위

보드라운 손길과
응축된 눈물이
대지를 적셔야만
싹트는 새순

화사한 능선으로
단장하고 있는 보릿고개
섣부르게 터트린
꽃망울이 애처롭다.

오돌 오돌 떨며
가슴 열고 기다리는
투명한 햇살과
초록숨결

4월 산책散策

불타는 4월
보릿고개* 벚꽃엔
봉긋한 생의 화사함
꽃송이 마다
세상이 대롱대롱 매달려
수줍은 눈웃음
가루되어 날린다.

흩어진다.

꽃잎에 묻어 떨어지는
달콤한 마음
금성산 오르는 길
연분홍 진달래로
조왕사* 풍경소리로
알알이 박혀
가는 세월 잊고 있다.

*보릿고개: 부여 동남리와 쌍북리를 연결하는 작은 고개 명칭
*조왕사: 부여의 동쪽에 있는 금성산 속의 작은 절

여름 스케치

헉헉 돌아가는
바람에 밀려 적막한 공간
산만하게 떠돌고 있는
더위 한 조각

흙먼지 이는
한 길가 식당에서
소나기를 만난다.
창문의 얼룩도
마음 한켠의 갑갑함도
힘차게 지워내는 빗줄기

커다란 느티나무
작은 매미는 나무만큼이나
소리 내어 울어대는 한낮

실룩거리는 여름 입술
소녀의 귓바퀴로
눅눅하게 전해오는
가쁜 숨소리

귀로歸路

우산 끝에
머물다 떨어지는
빗방울의 동심원同心圓
무심코 돌아보면
한 뼘도 못 되는
만남의 길

사소한 눈빛과
일탈逸脫의 망상에
가슴 다치며
깊은 속내까지는
만지지 않으려
애써온 지난 날

그대와 나
세월의 흔적 속
버걱으로 굳어버린
고요한 순정純情 하나 있어
무수한 파문을 만들다
침묵으로 가라앉는다.

유월에

봄부터 분주하던 새는
집을 다 지었습니다.

바람 한 자락 움켜쥐고
떨고 있던 나뭇가지는
가지마다
초록으로
내려 앉아 있습니다.

햇살이 춤추는
나뭇잎 사이에
뻐꾸기 울음 걸어 놓고
그 울음 마르기를 기다리며
유월을 맞이합니다.

소나기

하염없이 쏟아지는
물방울들이
가슴에 쌓인 생각들을
씻는다.

허망한 탐욕과
미련하고 어리석은 판단들
시기와 질투
그리고 오만과 불손까지

지칠 줄 모르고
퍼붓는 물줄기는
달아오른 욕정을
얼음처럼 식히고 있다.

분수를 모르고 날뛰던
수많은 욕망들을
하나 둘 셋
씻어 내리고 있다.

수채화

작은 북을 두드리듯
소나기가
연잎을 밟고 지나가면

매미는 고목에 앉아
너와 나의
여름을 연주한다.

나팔꽃 덩굴이
살금살금 기어
울타리 너머로 팔을 뻗고

고개 내민 해바라기는
햇볕에 익은
아이들 얼굴 같다.

가을비

가라고
이제는 가라고
소리쳐 보냈습니다.

꺼이꺼이 울며
가기에
안 올 줄 알았습니다.

한밤중 당신은
메마른
창가에 와서 웁니다.

창턱을 뛰어 넘어
빈 가슴 채우고
온 몸을 적십니다.

만추晩秋

가을 숲
단풍 곱게 피어 올린 나무들
불현듯 낯설다.

바람이
수림樹林 사이 휘감고 나가면
산채로 물들어 가며
아우성치는 잎새

어쩌란 말인가
이 위험한 유혹
핏줄로 번지는 설레임

이 가을엔
위태롭게 물들며
첫사랑 같은
숲의 품이 두렵다.

첫눈

그리움들이
각각 다른 빛깔로 일어나
예고 없는 방문으로
세월의 때를
씻어내고 있다.

유치한 거짓말에
잘도 넘어가던
친구의 모습
퇴색된 이름
무심함에 쌓여진 먼지

과거로 쌓여만 가는
탄성과 미소 그리고
우리네 삶의 편린들이
자유 곡선으로 운행하는
눈이 되어 소복이 쌓인다

첫눈 그리고 回想

형언形言할 수 없는
미백美白의 응어리
표현表現할 수 없는
감동感動의 여백餘白이
특별하지 않는 날을
특별하게
기억나지 않는 날을
기억나게
지나버린 단꿈을
이마에 내려놓고
침묵하는 가슴에
그 온기溫氣로 스며든다.

더 사랑하지 못한 날을
후회하게
더 배려하지 못한 날을
슬퍼하게
넘실거리며 떠다니는
새하얀 그대를
말 못하고
입김으로

그리움으로 불어낸다.

그때 그 시절
첫눈의 그 약속이
잊혀지지 않았다면
처음 맞는 눈 다발을
바람으로 묶어서
첫사랑처럼 달려가
그대에게 주고 싶다

제 2 부

쉼표와 마침표

봄 그리고 나

한 많은 보릿고개
턱턱 숨 막히던 마루턱
양식이 떨어지면
양지바른 곳에서 먼저 알고
가난한 者와 등을 맞대고
얽히고설켜 살던 쑥

설날 빌어
아버지 찾아 가는 길
고라실 논두렁에
빠꼼이 고개 들고
배고픈 者 기다리며
소리 없이 애태우는
잊혀진 情

누이의 구멍 난
대나무 바구니가
옹기종기 모여 앉아
쑥 개떡으로 허기 채우던
지나간 슬픈 시절이
이리도 그리울 줄
정말정말 몰랐습니다.

여객선 부두

홀어머니 모시고
바닷가에 섰다.

바람에 몸을 맡긴 갯벌
힘없이 걸터앉은 낡은 배

봄날의 싱싱함도
여름날의 강렬함도
가을날의 황홀한 낭만도
모두 접고
침묵으로 흔들리는 겨울

유년 시절의 서러운 기억을
모두 잊으리라,
몸을 맡긴 바다는
어머니의 주름살 너머에서
아우성치고 있다.

새해 소망

새해엔
먼 산에 가서 홀로 살고 싶다.

배낭 속에 하루를 챙기어
지도와 나침반도 없이
온 종일
온 몸을 산으로 채우고
구름 속에 서서
다가왔다가 떠나가는
반복되는 날들을
홀로 지키고 싶다.

삶의 의미가 무디어 질 때
살아 있음에 대하여
한편의 詩로 만들고 싶은
가슴 아린 축복
과거過去의 서투른 고집으로
마음 한 구석에 싹튼
미움이 그리움으로
사람이 그리워질 때까지

여유 餘裕

어제 치과에 갔습니다.
50여 년 동안 나를 지켜준
잇몸을 떼어내는 수술을 받았습니다.

오늘 아침 세수를 하면서 알았습니다.
그동안 부지런히 얼굴을 닦았지만
코밑과 입술 사이 人中은
제대로 닦지 않고 지낸 것 같습니다.

코 밑을 깨끗이 닦았습니다.
지난 세월
눈물 콧물 들숨 날숨 다 받아준
人中이 참 고마웠습니다.

비오는 출근길에 다짐했습니다.
가까이 있는 사람부터
자주 만나는 사람부터 살뜰히 챙기자고
눈길 자주 건네고
마음 자주 만져 주자고.

혼자이고 싶다

계절의 길목, 많은 것들이 변하고 있다.

창밖의 새소리에 미소를 짓다가도
서걱거리는 바람소리가 서러워
눈물을 흘리기도 한다.

아무것도 한 것이 없는데
시간은 주름지고
무엇을 새로 시작하기보다
세상과 함께 하기보다 혼자이고 싶다.

철이 들지 않은 채로
몸만 나이를 제대로 먹는
그저 그런 날을 살고 있지만
아직 나는 괜찮다.

어제를 살았으니
오늘도 지날 것이고
내일의 나는 좀 어리숙하지만
조금은 수월한 햇살을 맞이할 것이므로.

미움

숨쉬기 힘든 날
기다림 없이
개울가에 앉아 있었다.

들리지 않던
새소리 바람소리
그리고 물소리

넘침도 모자람도
쉼도 없이
갈 길을 가고 있는 물

길이 열리는 만큼씩
앞을 메우며
흘러가는 물

미움이란
하잘 것 없는
내 마음의 욕심

내려놓음

나이 듦에 있어
소중한 것들이
하나 둘 자리를 찾고
귀하게 여겨지는 것들이
각자의 모습으로 아름답게 보인다.

덧없는 세월은 없는가보다.

살아온 세월만큼
커가는 마음이
미처 살아보지 못한 生에선
엄두도 못할 만큼 위대偉大하다는 것을
생각이나 할 수 있었을까?

가벼운 어깨를 위해
활짝 핀 두 손이
한걸음 내 딛기에
더 편하다는 것을
비로소 알게 되었다.

또 다시 5월

습관처럼
빛바랜 추억을 기웃거리다
일기장 속 박제된
그 날의 흔적들
서걱서걱 매운바람 일으키며
가슴 한 복판 헤집고 간다.

지금은 네가 올 수도
내가 갈 수도 없는
남남의 길에
끝없는 이정표를
남모르게 긋다가
아려오는 명치만 부여잡고
안개 낀 아침을 맞는다.

계절은 어김없이
꼬리 물고 달려가고
또 다시 오는데
나는 여전히
귓불을 붉히며 일기장을 본다.

자전거 바퀴

앞으로 가면
가는 만큼
따라오고
물러서면
물러선 만큼
뒷걸음질치고

자전거
앞바퀴와 뒷바퀴는
내 안에 머물면서
일정한 거리를 두고
늘 나를 지켜주는
그대를 닮았다

낙엽落葉

낙엽의 형형색색은
변덕 심한
내 마음 같습니다.

닮지 못한 게 있다면
썩어 거름이 될 줄 모르는
나의 고민입니다

쉼표와 마침표

연약한 육신이
조금은 나아진 것 같아
욕심 부리는 계절
마음 같아서는 무엇이든
잘할 수 있을 거라 믿는데
그것은 오산이라고
몸과 마음이 내게로
편지 보내는 계절
사는 동안 못다 이룬 꿈들로
늘 가슴앓이를 하다가
갈증에 허덕이는 사내가
시냇가에 물을 찾듯
그렇게 좋아하는 것들을 위해
바쁘게 지내다가
이제 그만을 외친다.

삶의 뜰에 피어나는
부질없는 욕심들
결국에는
얽힌 욕심들로 채워진
풍선을 모아 하늘로 날리며

맑은 하늘 곱게 수놓을
구름으로
바람으로
강물로
꽃잎으로
사방으로
그토록
밤하늘에 수놓은 별빛으로
반짝이던 열망들을 위해
하나 둘 셋 …….
마침표를 찍는다.

접는 것도 삶으로 가는
지혜의 통로이려니
미련으로 붙잡은
그 날의 부끄러움이
간혹 고개를 들면
모든 것에 그렇게
쉼표를 찍으며

쉼을 얻고 사는 것이 나쁘지는 않고

자주 만나던 그리움을
잘라내야 하는 아픔은 있었지만
이 계절에 가끔은
바람결에
他人의 기도 속에서
믿음으로 만나는 것도
조용해서 좋다.

행복한 지금
아주 가끔은
생각의 실타래가 뒤엉켜
하늘을 흐리게 하고
살아 있다는 증거를 들이밀지만
행여 知人을 만나면
나는 지금
잠시 쉼표를 찍는 중

욕심을 놓으니 사랑이
사랑이 보이니 가족이
가족이 보이니 이웃이
일상의 삶 어느 것 하나

지나칠 수 없는
사소한 것들도 행복이라는 것을
완전할 수 없는
미완의 길을 가는 나그네
욕심 부린 그 시간이
조금
아니 때로는 많이 부끄럽다.

서툴고 부족한 몸짓과
화려하진 않은 감성으로
때로는 이렇게 소박한 언어로
작은 이 여백을 채우며
언제 또다시
마음의 쉼표를 지우고
또 다시 고개 드는
열망의 다리를
건너게 될지 모르지만
오늘은
오늘의 쉼표와
내일을 위한 마침표를 찍어
너무나 행복한 밤이다.

산행山行

나무는 옷을 벗는다.
맨몸으로 눈보라와 싸우며
후회하는 마음
낙엽으로 돌려주고
뭇사람들에게 밟히고 있다.

언제부터인가
한해를 살고 나면
벗어 버리고픈 껍질만
온 몸에 가득

비록 나무처럼
눈부신 참회는 아닐지라도
소리 없이 앓아 온 아픈 기억
산을 오르며 나무와 나무 사이
가지런히 놓아 본다.

뉘 잘못도 아닌
너와 나 외로운 마음
얽히고설킨 게 잘못이라면 잘못,
못나게 사랑한 죄가 미안하다.

12월에

정신없이 달려왔다.
넘어지고 다치고
눈물을 흘리면서 달려온 길에
12월이라는 종착역이 있었다.
지나간 시간에 발목 잡히고 돌아보니
맑고 밝은 눈동자들을
1년이라는 상자에
소담스럽게 담아 놓았다.

여유를 간직할 틈도 없이
정신없이 또 한해를 보내는
아쉬움을 남기고
지치지도 않고
주춤거리지도 않고
시간은 또 흘러
마음에 담은 일기장을
한 쪽 두 쪽 펼쳐 보게 한다.

만남과 이별을 되풀이하는 인생
하나를 얻으면
다른 하나를 잃어버리는 삶이라지만

무엇을 얻었나 보다는
무엇을 잃어 버렸는가를
먼저 생각하며
몇 장 안 남은 일기장에
버려야 할 것들을
기록하려고 한다.

나는 12월을 보내면서
무엇을 버려야 할까

자화상 自畵像

인생人生의 깊이를 모르고
배부른 투정과 교만으로
젊음을 남용한 후회를 하며
열정과 지혜로
당신을 사랑하지 못한 그 때
젊은 날의 빈 그루터기가
세월 두고 남은 아쉬움입니다.

감성의 숲만 하늘 높고
차가운 이성과
절제의 불협화음 속
서툰 삶이 거기 그렇게
나를 기다리며
누워있을 줄
그땐 정말 몰랐습니다.

강물의 깊음과 산의 높음도
마음의 빛과 어두움도
보이는 것이 전부인 줄 알 때
보이는 것은
속내를 감춘

사치스런 겉옷의 모습인 줄
그때는 미처 몰랐습니다.

찬비 내리는
바닷가를 거닐며
그때에 무심코
자연과 삶의 조화를
부정하며
하늘에 흘려보낸 이야기를
내가 하게 될 줄은 미처 몰랐습니다.

안개 걷힌 하늘 아래
두려움 없이 떠오르던
젊은 날의 눈부신 태양을
이제야 바라보며
내 젊은 날의 연가가
갈대숲에 이는 바람인 줄
그때는 미처 몰랐습니다.

이발소에서

중년의 사내가
낯설게 서서

주어진 삶의 무게가
타인과 별반 다를 것이 없다는
작은 진실을
온기를 뿜어내는
가슴에 묻으며
고독하다는 생각을 해본다.

주어진 일에
부끄럽지 말아야지 하면서도
거울에 비친 모습이
남모르는 사내로
쥐어 짠 행주의
색깔 없는 몰골로 구겨져 있는데
어느덧 나는 사라져
세상에는 아무것도 없다.

바위섬, 아내에게

파도가 옆구리를
자꾸 내리친 흔적이
절벽으로 남는데
그것을 절경이라고 한다.

거기에 풍란이 꽃을 피우고
괭이 갈매기가 새끼를 친다.

너와 나, 남남으로 사는
우리들 옆구리엔
남모르는 절벽이 있다.

파도가 할퀴고 간 흔적이
깊을수록 경치는 아름답고
풍란향이 깊다.

당신과 나는
서로 다른 섬이다.
아득한 거리에서
상처의 향기로 서로 부르는.

아내의 하루

조용히 일어나 청소를 한다
수돗물 흐르고 달그락 달그락
세탁기 윙윙
카펫트 널브러져 게으름 피우고
청소기는 간지럽힌다
자지러지는 먼지를
슬쩍 훔친다

소파는 앉아만 있다

손길 기다리는 화분들
망가진 낚싯대
쓰다 남은 미용재료
구석진 곳
삶의 편리들이 아우성치고
그리고 또
T.V는 자꾸 말을 걸어오고

소파는 앉아만 있다

제 할일 다하고
삐삐거리며 기다리는
낡은 가전제품들
아내의 숨소리가 커지고
물소리가 커지고
커다란 침이
싸늘하게 꽂혀도

소파는 앉아만 있었다.

고백告白, 아내에게

고맙다는 말 한마디로 고마움을
다 할 수 없고
미안하다는 말 한마디로
미안함을 다 살 수 없는 건
가슴속에 엉킨 진실들이 흩어질까
염려되기 때문입니다.

눈높이가 높아지는 아이들
잠시 스치는
아내의 까칠한 손을 보며
사랑한다는 말 또한 할 수가 없습니다.
살아온 살이의 무게보다 너무 쉽게,
너무 빠르게 잊혀질 것 같습니다.

이제는 말을 하고 싶습니다.
한 해 두 해 시간만 흐르고
쌓이는 미안함을 어찌 할 수 없어서.

귀가歸家

일렁이는 달빛과 벗하며
술잔 기울이다
훌쩍 넘겨버린 자정
화들짝 놀란 아쉬움에
지갑도 열어보지 않은 채
대리운전사 앞세우고
현관문 들어섰다.

서릿발 같은 불호령
따끔한 회초리
문 밖에 내치리라 했거늘
머언 발치
주눅 든 가장의 눈망울
갈꽃 향기 같은 마누라
그래도 미더운지

빈 들녘
고즈넉한
허수아비처럼
비틀거리는 몸 부추겨
강보에 쌓아 눕힌다.

아내

친구가 좋아
만남이 좋아
시간을 구겨넣은 귀가길
잠든 아내를 깨울까
괭이 걸음으로
아내 곁에 눕는다.

아내의 숨소리
이른 봄
대지를 적시는
빗소리 같다.

언 땅을 녹여
꽃을 깨우듯
미완성의 아이를
여물게 하고
소꿉 같은
살림살이 건사하는
아내의 숨소리

그 소리에
행복이
나갔다 들어온
전깃불 모양
반갑게 매달려 있는 거겠지

저만치
허공을 밀어내고
하루의 무게를
수시로 들어 올렸을
아내의 숨소리

외침보다
부르짖음보다
더 아픈
나의 애창곡

동반자同伴者

사십을 훨씬 넘겨
싸구려 수입품 가게에서
빛을 받으면
침묵沈黙으로 고개를 끄덕이는
앉은뱅이 인형人形을 샀다.

자동차 뒷거울 속
부처님으로 모셔 놓고
선택하기 어려운 여정의 길목에서
시선視線을 돌려 거울을 본다.

언제나 똑 같은 모습으로
그래, 그래
머뭇거리는 결정에
방황하는 불혹不惑의 사내에게
끄덕 끄덕

뒤돌아올 수 없는 나만의 길에
책임도 의무도 없고
긍정도 부정도 없는
참 편안한 동반자同伴者 노형老兄.

부부

달빛에 잠이 깨어
아파트 베란다에 섰다
건조대에 나란히 걸려 있는
아내와 나의 속옷들

어두운 밤
서로를 토닥이며
하얗게 말라가는 모습이
꼭 우리네 삶 같다.

제 3 부

살며 사랑하며

삶

꽃은 겨우
한철밖에 못 살면서도
천천히 피고
또 천천히 진다.

한철 꽃에 비하면
길고 긴 인생길
생을 꽃 피우기에는
충분한 시간이다.

서두르지 말자
안달하지 말자
꽃 피듯 꽃 지듯
천천히

사랑과 믿음에 대한 소곡

사랑과 믿음은
황홀한 일이고
가슴 설레는
아름다운 일이라고
쉽게 쉽게 말하지만
삶의 뜨락에서
아득한 그리움으로
목메이는 것이고
그대 가까이 다가가
마음 부대끼고 싶은 것이기도 합니다.

마지막 남은
진실 하나에
가슴 시려하며
끝끝내
마주해야 한다는 것도 압니다.
모든 것을 체념한 후
남모르게 바라보아야 하는
아픔이
사랑이라면
영원히 다시 만날 그날 위해

온전히 한 생각으로만
영과 육을 불태우는 것이
믿음이 아닐런지

오늘도
지치지 않는 정열로
식지 않는 뜨거움으로
하루를 살아 볼 일입니다.

잊혀진 서정抒情

담벼락에 기댄 포장마차
다른 삶을 살아온 사람들이
옹기종기 모여 앉아
하루의 긴 여정을 풀어내며
들려오는 헛웃음과
한숨 섞인 푸념 속에서도
마음만은 넉넉한 곳

허공에 흩어지는 담배연기에
잔술로 가난한 마음을 채우며
삶을 이야기 하던
사람냄새 나던
그 포장마차

네모진 콘크리트 상자 속엔
현란한 불빛 번쩍거리고
반지르한 옷차림
향수냄새 풍겨가며
폼 나는 인생인 듯 으스대지만
술 한잔 권하는 사람 없이
이렇게 또 하루 저녁이 간다.

땀 냄새 필터 없는 담배
잔술로 피로를 풀던 시절이
사무치게 그리운 겨울
뚝방길 걸으며
가슴이 시리다.

칼바람이 불어도 춥지 않던
쓰레기장 옆에 오밀 조밀 붙어
서로 서로 기대어 살며
소박한 불빛 던지며
사람을 기다리던
길모퉁이 포장마차
그곳이 참 그립다.

살며 사랑하며

큰돈을 선뜻 세상에 내어 놓고
큰 짐 벗어 시원하다는
떡볶이 집 아주머니의
전설 같은 이야기 들으며
가난으로 솔가리 긁어
땔감으로 하던 시절
욕심으로 많은 짐 지려다 고꾸라져
지게 위에서 바스라지던
솔가리 나뭇단

세상을 살며
정작 가진 게 없노라고
늘 가난을 원망해 왔는데
막상 선물로 얻은
장갑 잃어버리고는
당황하고 아쉬워하던 시간
문득 내게도
남이 가져 갈 물건이
많이 있다는 것에 놀란다.

작은 손 움켜쥐면 주먹 하나

베풀며 펼치면 다섯 손가락
마주 잡은 손바닥에
새록새록 정이 쌓인다 했는데
세상에 나누어 줄
지식과 정보
뜨겁게 뛰는 심장
아주 조금의 재산은
누구에게나 있다.

길

무서리 내린 새벽, 돌 틈에 끼어
움츠린 어깨 펴고 꿋꿋이 버티어 낸
연두 빛 싹처럼
한낮에 내리 쬐는 볕을 생각하며
지금 힘든 여정 속에서도
미소 짓고 있는 너
안아 줄 품은 서로에게 남았으니
외톨이 마냥 혼자서 걷지 말고
지금 손잡고 우리 함께 가자.

어눌한 미래가 기다리고
눈 쌓인 겨울 강이
적막 속에 묻힐지라도 서로 손잡고
아무도 걷지 않은 길을 함께 간다면
한발 두발 내 딛는 걸음이
가뭇없이 길마만 느껴지고
허공중에 흩어져 버린다 해도
우리의 가슴엔
찬란한 마음의 평화 얻게 될 것을

독백 獨白

각각의 자리로 재잘거리며 돌아간
빈들 같은 교실
대숲 바람을 안고
몇 개의 꽃 잎 가슴에 담는다.

정열된 의자는 삶의 딱딱함을,
하얀 분필은
단조로운 일상만큼이나
모든 것을 하얗게만 그려내고

아무도 없다 지금
가로와 세로
책상위에 그어진 선과 선
작은 틈새로 아우성치는
자유에 대한 반란

아무렇게나 펼쳐진 책장과 책장 사이
하나 둘
꽃잎으로 채우며 하늘을 본다.
"불신은 말이야?"
"작을 때 잠을 잔단다."

열매와 잎새

바뀌는 계절
보낼 수밖에 없어
몸부림에 타버린 가슴
한순간도 떨어져선 못 살 것 같던
그래도 보내야 했던 너
이렇게 비가 오는 날엔
그 슬픔이 가슴을 적신다.

옛 모습이
감당할 수 없는
그리움 남기고
영상으로 떠오르고
애절한 이별을 겪은 자들의
눈물처럼 추적추적 내리는 비
어떤 삶을 살고 있을까…

세월 흐른 지금
못 잊을 그리움만 휘감고
못 다한 사랑은
화살처럼 박혀 떠나지
못하고 있다.

유통기간

냉장고 속에 감춰져 있는
유통기간 지난 우유
버리지 못하고
훌훌 화분에 뿌리고
빈껍데기 재활용 통에
넣고서 생각에 잠겨봅니다.

세월이 흐르면
유통기간 지나듯
우리네 인생도 버려질까
두려워지는 건
재활용 우유팩이 되고
싶어서일까.

안개 도시

사소한 말다툼으로
각자의 방에서 아침을 맞이하고
쫓기듯 이른 출근
팔을 뻗으면 그믐의 어둠보다
더 캄캄하게 삼켜버리는
심장마저 지독히 막막하고
아득한 물방울로 채워버리는
안개 속에서
소리 죽여 엄마를 불러보았다.

갈대들은 제 몸을 흔들어
바람을 말하고
벼 포기는 모로 누워
또 다른 뿌리를 내리며
폭풍을 말하고
그 모든 것을
안개가 먹이고 키웠을 텐데

작은 도시의 한 모퉁이에서
바람소리 빗소리
떠나고 오는 것

다 거두어들이던 안개
더 깊숙이 나를 삼켜라
더 더 깊숙이 나를 품어라
안개의 감옥 속에서
오늘 하루 눈을 감고 싶었다.

하늘도 모르게 흘렸던 눈물들
아파도 미소 짓던 나의 위선
잘못 든 꿈이었던가
더 이상 꿈꾸지 않는 몸은
내려 앉는 안개비처럼
느리게 느리게
점멸하는 우리네 생이여!

여울

성난 듯 울부짖는 아우성
부딪치고 고꾸라지고 흐트러지는
거친 물살이
하얗게 아픔을 토해내며
맑아진 강물

역경과 절망
힘겨운 시련의 인생길
여울처럼 지나고 나면
경건하게 낮아지는
겸손한 자아

성찰의 눈길에 남는
행복의 편린
잔잔한 삶에 뿌려지는
물젖은 모래알처럼
아늑한 노랫소리로 마음을 씻는다.

허수아비

시린 바람 불고 있는
황금 들판에
오돌 오돌 떨고선
경비 아저씨

긴긴 밤 달빛이
소근거릴 때마다
온몸으로
휘이휘이

마지막 가을 햇살이
뜨거운 입김 보내면
간밤에 잠 못 이룬
허수아비

참새들이
요리조리
약을 올려도
낮잠만 쿨쿨

우산

말라가는 가슴 접고
우산은 얼마나 비를 기다렸을까
오늘같이 비가 오는 날이면
선명해진 보도블럭은
익숙한 원고지로 보인다.

타인에 떠밀린 탓보단
스스로의 잘못된 선택들로
잘못 써온 자서전이
아우성치며 내리는 빗줄기에
가슴 확 펼쳐
쓴 기억들을 토해내고 있다.

우산처럼 가슴 한 번
펼쳐보지 못한
마른 가슴에
빗물이 스며들어
촉촉이 적셔주는
누군가의 눈길을 기다리며
생각의 발목 꼬리를 잡고
사람들 사이를 걷고 또 걸어 본다.

우중산책雨中散策

여보시오.
살아온 길이 아무리 험한들
어찌 연꽃만 하겠소.

꼭 다문 붉은 입술
차면 기우려 비우는 잎새
짐작할 수 없는 너의 뿌리

백제百濟의 혼魂을 살려
환한 미소 보일 수 있다면
그 또한 만남의 인연因緣이라고

우리네 거친 삶 모아
진흙 뻘에 두 발 묻고
꽃등 켜는 너

바닷가 스케치

친구 같은 형과
술잔을 부딪치며 훔쳐본 모습
잊혀진 세월이 주렁주렁 맺혀 있다.

남당리 가는 길목 바닷가
작은 포구에 포장마차가 즐비하고
리모델링한 작은 찻집이
무척이나 슬퍼 보인다.

한해를 마무리 하는
천북의 석양은 예전 같은데
곁에 선 사람이 바뀌어 있고
애써 미소 지으며
아! 산다는 것은 잊는 일이다.

마음 하나
이웃을 위하여 버리는 사람이라면
각설이 차림의 엿장수 노래에
바람도 침묵으로
바다 건너 사라진다.

시내버스

늙음을
마중하며 떠난
한낮의 시내버스

세월을 잊은
서너 명의
자화상들이
창밖을 보고 있다.

타인의 손에 이끌려
질주하는 차창 밖으로
가을을 안고
이별을 알리는
기계음을 내고 있는 들녘

늙음이란
유년의 잊고 있었던
익숙함을
다시 떠 올리는 것인가?

세월歲月

적당히 포기하고
무심無心으로 살아온 삶
너무도 쓸쓸해
울어버릴지 몰라

입술 굳게 다물고
말이 없어진 것에 대해
지인들은 이야기해
조금은 성숙成熟해졌다고

또다시 내 바램과 달리
상처받을지 모르니까
차라리 당당하게
망가져 보는 게 좋겠어

사실은 두려워진 거야
나에 의해서건
타인에 의해서건
왜곡되는 진실眞實이.

고목古木

고고히 따로 앉아 해탈한 참선
천고의 침묵을
자비로 감싸 안은 외로운 고독.

대숲에 부는
식어 버린 심장의 메아리 없는
아우성
철따라 공허로 맴돈
깊어진 나이테

진실과 믿음을 뒤로하고
책임과 인내는 망각한 채
불같은 정념 하나로
서둘러 승천하려나.

새까맣게 식어버린 심장
아! 잿빛 하늘
서설瑞雪 속에 자리를 지킨다.

갈대

흰머리 날리는
너를 보면
반백의 나도
흔들려도 될 것 같아

바람 불면 바람으로
비가 오면 빗속에서
내 멋대로
흔들려도 괜찮을 것 같아

흔들려도
흔들리면서도
네 품은 따스하게 살아
스산한 바람 달래주고 있잖아

너처럼 말이야
몸이야 흔들리든 꺾이든
마음만은 끄떡없이
지켜낼 수 있을 것 같아.

단풍

날씨가 엄청 좋네.
날 반기는 그대
잘 계셨는가?

깊어 가는 세월
잊혀진 기억들이
더욱 짙은 수채화로 보이네.

아직은 풋풋한 내 사랑을
곱고 소중하게
실어 보내나니

그대 생각에 변함없이
울렁이는 가슴
알 수 없는 향수여

이 가을
부디 부디
귀한 옷 한 벌 걸치시게.

한가위 수채화

끝없이 달리는
기차에서 탈선하여
멈춘 간이화장실
한때 아름다움은
세상을 노래하고
자연을 노래한
시인의 가슴이
땟물에 절은 채 걸려 있다.

먼지와 오염 속에서도
계절은 바뀌고
강물은 이렇게
무심히 흘러가듯
잊혀진 시인의
고된 삶이
가을을 부른다.

허겁지겁 살아온
삶의 언저리에
미로처럼 뻗어 있는
혈맥 한켠이

뭉텅뭉텅
잘려 나가고 있음을

세상을 덮고 있는 지하철
저 혼자 바쁜 척 검은
알갱이 물결처럼 움직인다.

그 속에 세상을 밝히는
아름다운 벽 시 하나
땟물이 흘러 남루하게 붙어있다.

아름다운 세상,
문패를 걸고 소음과
악취들이 점령하는 곳에
낯선 눈빛들을 취하게 하는
가난한 시인의 노래

허겁지겁 살아온 삶의 언저리
혈맥처럼 뻗어있는 통로에
털 복숭이 풀풀 묻은 상처
깨끗이 씻어 놓았다.

9월의 바닷가

여름 한철 노는 것은
매미만이 아니다.
메뚜기만이 아니다.
철지난 바닷가
낯 뜨거운 찌꺼기들이
파도에 씻긴 달 보며 놀고 있다.

서울 인천 대전
그리고 때때로 피부색을 달리하는 사람들이
이제는 일상에 젖어
모두 잊고 있겠지만
철지난 바다는 알고 있다
모두 알고 있다.

지난여름 알몸으로
모래 속에 파묻고
바다 속에 던져진
잘못된 만남의 인격과
무책임의 편리
그리고 때로는 작은 진실을

반짝이는 것은
별빛만이 아니다.
은모래 벌
진주알로 빛나는
깨어진 유리잔
누군가 자존심을 버리고

일렁이는 물결 타고
각각의 자리에서
여름바다 연상 할 때
바다는 웃고 있다.
물거품 되어 웃고 있다.

국화 전시장에서

작은 플라스틱 화분 속
너의 여름은 너무도 뜨거웠다.
화산처럼 분출하던
욕망의 나날들

그러나 이제는 갈바람과 함께
화려한 꽃으로 잉태되어
빈 가슴 가을 햇살로 채우며
다소곳이 성숙의 계절을 맞는다.

한 조각 남아 있는 삶의 미련에
이제는 잠시 가던 길 멈추고
마지막 남은 화려함으로
용서와 희생을 배워야 할 게다.

진실한 사랑 다시 할 수만 있다면
변해가는 네 모습이나
저녁 태양의 붉은 빛마저도
외로움으로 남지 않을 텐데.

겨울산

너는 발가벗은
내 몸뚱어리 안쓰럽다 하여
옷 입혀 주겠다 한다.
그 누군가
몸에도 맞지 않는 옷 입혀 주겠다 한다.

너를 위해 몸에도 맞지 않는
화려한 옷 입고
피에로가 되었지만
편안 웃음 짓기 어렵다 한다.

옷은 점점 숨쉬기 어렵게 하고
이목구비耳目口鼻 막아 버리고
두 다리마저
허공에 힘겹게 허우적댄다.

하늘 보고 물 한 모금 마시고
새소리 듣던
발가벗은 옛 몸뚱어리가 좋다고
그 옛날이 좋다고 산은 말한다.

은행나무

너의 노오란
우산 깃을 보면
아름다움이 세상을 덮으리라던
늙은 러시아 시인의
눈망울이 떠오른다.

누군가
깊은 사랑을 나누는 이를 위해
보도 위에 써내려가는 연서
가슴마다 쏟아져 내리는
금빛 추억들

11월의 삭막한
이 거리에서
잎새마다 적힌 누군가의
옛 추억을 읽어 가며
우리는 이제 절망을 노래하지 말자.

제 4 부

백마강 소곡

연두기자회견

여명이 찬 이슬을 뿌려
기지개로 나를 깨우면
긴 밤
진실하지 못함에
새벽이슬 밟고 일어서는
대숲의 반란소리

서걱거리는 풍경으로
몸과 같이 숨쉬며
지치지 않으려고
가슴에 담은 말들로
벽을 만들던 시간

뒤안길에 서성이는
우리네 일상사가 그러하듯
만남의 공간 속
신선한 아침처럼 반듯해지길
가슴으로 소망합니다.

새해 아침에

소녀의 손에 들린
꺼진 촛불 다시 켜듯
새해 아침에
그렇게 떨리는 가슴으로
지난 한해
답답하고 화나고 두렵고
허전하고 가난했던 마음 위에
하얀 눈 내리게 하소서

지난 밤
제야의 종소리에
곱게 묻어 둔 꿈도
말하지 말고

외로움 위에
하얀 눈 내리게 하고
억울함 위에
하얀 눈 내리게 하고
슬픔 위에
하얀 눈 내리게 하여
많고 많은 하고픈 말들 위에

우레와 같은 눈을 내려
침묵 속에 묻히게 하소서

낡은 수첩을 새 수첩으로 갈며
잊어야 할 슬픈 이름 위에
떨리는 손으로 붉은 줄 긋듯
그렇게 당신의 아픈 추억을 지우소서.

새해 아침은
찬란한 태양을 머리 위에 받으며
끓어오르는 정열로
초야를 치른 신부가
저 혼자 말문이 터
콧노래 부르듯
버릴 것 버리고
잊을 것 잊고
그렇게 빈 가슴으로 시작하게 하소서.

설날 아침

멀리 가버린 날들
아쉬움보다
푸르른 꿈으로 간직하며
타인을 사랑하는 넉넉한 마음에
한 발 더 다가가
작은 사랑으로 품게 하소서.

웬만한 소리에 놀라지 않는 강심장強心臟으로
비바람에 걸리지 않는 바람 되어
영혼의 자유를 품고
높은 창공을 향해 힘 있게 나르는
심신이 건강한 우리가 되어
삶속에서 의연하게 하소서.

산을 오를 땐
목표를 향해 인내하고
내려올 땐 감사의 기도 속에
겸손을 품어
행여 우울한 날엔 유년을 떠올리며
추억 속에 미소 짓게 하소서.

출근길

아내가 운전하는
차에 올라
중년의 아침을
열어간다.

희망찬 눈빛으로
먹이 달라
놀아 달라 보채는
병아리들의 합창소리
들으러 간다.

금강대교를 건너며
문득 올려다 본 하늘
와우!
그곳에 행복이 있었다.

선생님

어떻게 해야 할지
어떻게 해야 할지
쉽게 사는 길 없다고 한다지만
교실 속에 있는 것들이
바깥세상 다 품어 안기엔
가슴이 너무 작구나

흑백으로 활자 된 책으로
학생의 마음을
쉽게 열어야 한다는
사명감도 인내심도
우리들의 마지막
무기가 될 수 없구나

어두운 복도 끝
환하게 불을 켜고 있는
초록색 비상구
무엇을 말하려 하는지
밤새워 열려고 애를 쓰지만
고집 센 너는 헛돌고 있구나.

기다림

방학 내내 비워 두었던 교실에 들어섰다.
난향蘭香으로 가득 찬 교실
고갈枯渴된 화분에서
살기 위해 그리도 애써온 세월

고맙다. 너무 고맙다.
그래, 그런 거다.
때로는 먹먹하도록 눈물겨운 기다림이
아름다운 미래를 만들기도 하겠지.

아픈 미소를 머금고 있는 화분처럼
모든 것 품어 안고
허공虛空 되어 기다리는 것,
가르침도 이와 같은 기다림일는지 몰라.

퇴임식장에서

보드라운 손길과
겨우내 응축된 눈물이
대지를 적실 때

노오란 미소
그대에게 보이고 싶어
봄소식 버선발로 전해주고 싶어
화사한 모습으로
단장하고 섣부르게 터트린
꽃망울이 애처롭다.

바람 속 남은 추위에
오돌 오돌 떨며
가슴 열고 기다린 지 수십 년

투명한 햇살과
초록 숨결로
기다림의 꽃은 피었건만
아직도 잔설이 남아
꽃은 그만 하얗게
하얗게 늙어 버렸습니다.

졸업식장에서

2월은 바다
그래 그 바다는 찾지 않아도
긴 겨울을
오롯이 품고 있다.

만남보다는
헤어짐이 많은 계절
먼 산
자투리 백설白雪들
이별을 노래하고

우리는
서로의 빈 가슴 어루만지며
행복의 씨앗을 뿌리고
또 다시
마음 밭 가꾸어 가야 하겠지

2014년 교단敎壇

혼자 떠들면 칠판 가득
필기만 하는
밤 새운 숙제에 건성으로
도장만 꾹꾹 찍는
결과만 따지며
무서운 얼굴로 소리치고
무릎 꿇리는, 그런 선생을
함부로
가짜라고는 말 못하지만
아이들 공책 귀하게 여겨
일일이 고쳐주고 칭찬하는
아이들 글에 댓글 달며
대화 나누는 작년보다 올해
지난달 보다 이번 달
눈에 띄게 자란
아이의 생각과 실력
밑줄 긋고 느낌표 치며
기쁘고 즐거워
옆자리 동료들에게 자랑하는
꾹꾹 숨겨둔
아이의 아픈 비밀 읽고

한숨 쉬며 몰래

눈물 닦는 그런 선생 뒤에는

님자가 붙고

나는 그들이 진짜라고 말한다.

교무실 내 옆자리엔

그런 진짜 선생님들

이선생님, 박선생님, 강선생님, 김선생님

잎새도 부드럽고

가지도 넓은 참나무 같은

그런 선생님들

그루그루 다정히 서 있다.

나무는 나무끼리

서로 북돋고 본받으며

따스하고 싱그러운 숲을 이루었다.

그 참나무마다

도토리 같은 아이들

조롱조롱 매달려 한창 여물어 가고 있다.

獻詩
― 四季

따스한 햇살
자박자박
동창東窓을 두드릴 때면
그가 우리에게
봄을 선물하는 줄 알라

아우성치는 신록이
너울파도로
교정을 물들일 때면
그가 우리에게
열정을 가르쳐주는 줄 알라

너그럽게 흐르는
백마강에
잔물결 일거들랑
그가 우리에게
바다를 가르쳐 주는 줄 알라

교정의 은행나무에
사그락 사그락
낙엽이 소리 없이 질 때면

그가 우리에게
인생을 들려주는 줄 알라

부소산 낮은 등짝
바작거리며
스스로 눈을 털어낼 때면
그가 언제나
우리 곁에 함께 있는 줄 알라

*유창렬 교장선생님 퇴임식에 헌시로 대신합니다.

궁남지 小曲

네잎클로버의 무게를 달면
여유라고 쓰여진 눈금에
저울 바늘이
춤을 출 것 같다.

여유라는 눈금아래
잠자리도 보이고
귀뚜리도 보이고

무엇보다
함께 걷는 아내의
미소 짓는 모습이 보인다.

배경背景

궁남지가 아름다운 건
물과 연꽃 그리고
古木이 어우러져
미소를 짓고 있기에

너와 내가
살아가는 건
아직도 함께 나누어야 할
아픔이 남아 있기에

등을 기대고 사는
우리는
서로가 서로에게
타인이면서 하나가 되는
까만 하늘의 별빛.

백마강 小曲

강물은
그냥 낮은 곳으로만
절로 흐르고
꽃 또한 봄이 되면
절로 피는 것이려니
무심하게
흘러가는 세월
젊은 아낙의 손에 뽑힌
텃밭의 잡초같이
시드는 꼴 모르고 사는
우리네 모양이 참으로 우습다.

하늘과 땅 사이에
강물의 뿌리는 튼튼하고
그 사이를 비추는 초승달
천년을 하루같이
어머님의 젖무덤 속
사랑스런 강가에
상처 난 여름이 머물러 있다.

진흙탕 수렁 속에서

가장 정淨한

연꽃이 피어나건만

우리는 다만

그 꽃을 참으로

무심하게 바라 볼 뿐

오늘같이 신경이 무딘 날엔

그저 강물은

낮은 곳으로

절로 흘러가는 것이려니

꽃 또한 절로 피는 것이려니

신동엽 시비

분주히 오가는 장대비
잊혀진 도시
산자락에 기대어 우산을 편다.

마음에 따라 변하는
오래된 시비가 빗물에 침식되어
실핏줄 타고 흐른다.

생채기 난 잿빛 대리석
모래톱에 앉아
하늘을 품는다.

지나온 발자국 애써 지우려는
물오리 떼도 고독한 낚시꾼도
새벽안개에 등 떠밀려
산자락으로 사라진다.

너무 멀찍이 떠나온
나뭇잎 하나
포구에 닻을 내리고
태고의 침묵이 제방을 지킨다.

수북정 小曲

다하지 못한 말들을 뒤로 한 채
오늘도 금강을 가로 지른다.
해는 져 어두워도
아직도 반이나 남은 하루
달 떠오르는 하늘
샛별이 발길을 재촉한다.
오늘 다음 내일이 오고
내일 위해 오늘을 산다 하나
내일은 언제나 내일이고
오늘은 언제나 오늘일 뿐.
존재의 의미 속에
최선을 다할 때
어제도 내일도 축복 받는 삶
어제의 미련도 내일의 집착도
한갓 인간의 접시 속 망상.
어두운 밤길
초라한 달빛에 기대어
무심히 흐르는 강물이 된다.

태자골의 11월

팔 벌린
나목裸木의 겨드랑이에
초라하게 걸려있는
미온微溫의 햇살

찬란했던 시절을
추억으로 치부하며
애써 감추어 보지만
어쩔 수 없는 화려한 단풍

꽃보다 아름다운
마지막 향연이
태자골에 피어나면
너의 안부를 물으며 산길을 걷는다.

끊임없이 떨구는
옛 기억들이 저렇게
또 다른 길을 만들고
홀로 깊어질 만큼 깊어진 주름

너와 나 남남으로

떠돌고 있는 우리네 삶
그 미련의 아우성을
낙엽에게 실어 보낸다.

*태자골 : 부소산의 조용한 골짜기

고향

시오리
잡초들과 싸우느라
키보다 웃자란
코스모스 인사 받으며
걷는 황톳길

파란 하늘 먼 산에
조금씩 물들기 시작한
허허로운 계절
계절을 닮아
메뚜기도 누렇다.

멀기만 한 그곳
흔적이야 있건 없건
하늘이 그 하늘이고
산이 그 산인데
가슴에 박혀있는 그리운 이야기

논두렁에 앉아
고개 숙인 벼들과
속내 열어 놓고

길게 뻗은 신작로 바라보며
오가며 정 나눈 흔적을 찾고 싶다.

산과 하늘이 전해준
해묵은 기억에
새 이야기 덧칠하여
다시금 가슴에 품고
돌아오고 싶다.

금강 그리운 전설

백마강이 흐른다.
시작과 끝의 존재를 잊고
말없이 흐른다.

먼 옛날부터 할아버지의 마음을 품고
아버지에게 이어오고
숙명처럼 나또한
백마강을 안고 살아간다.

때때로 설움에 복받칠 때도
운명의 뒤안길에서
강은 말없이 흐르고

아직은 너를 보낼 수 없어
산그늘이 낙화암에 슬프게 기댈 때
잊혀진 너를 기억해 낸다.
황포돛배의 전설이
무지개로 청아하게 떠오른다.

쌀 바위 小曲

기원하는 손길 따라
향이 피어오르고
얻고 잃어버림 없이
정지되어 버린 우리네 삶.

모두 그 모습일 뿐
미암사 솔바람이 구름을 몰고 가고
저녁놀 산사에
따스한 와불臥佛의 미소

자성佛性에 이르는 길
멀고도 가까운 길
마음 돌려 바라보니
침묵 할 수밖에 없었던
시간의 연속

합장한 노스님의 거친 손마디에
다만 화인火印된 가슴 안고
티끌 같은 세상으로
나는 돌아간다.

동학사 3층 석탑

세월의 달빛 속에
바람으로 쓸어내린
무딘 돌
합장한 노스님의 정情을 받아
소망이룬 3층 석탑

비목에 낀 이끼와 함께
손 모아 염원하며
산사 찾는 어미의
바람 속에서
묵묵히 자리 지킨 기나긴 날들

욕심으로 살아 온
작은 마음 도려내면
나도 탑이 될까
몸을 낮추어 들여다보니
정釘에 맞은 온 몸을
다독거리는 푸른 이끼

겨울 금강

전설 속 이야기는 이미 흘러갔지만
미래를 열지 못하고 표류하고 꿰어지는
입 발린 소리 들으며
살기 위해 밥을 먹는다.

무릎 시려 방황하는 군상群像
감추어진 한숨 밀어내고
달빛 가리고 물결치는 바위에 올라
사는 게 죄라고

계획 없이 남긴 발자국
모진 눈보라에도 지워지지 않건만
붙잡을 수 없는 감성의 계절
거리에 졸고 있는 가로등과
하늘엔 보랏빛 운무

금강에 부서져 내린 달빛 건져 올려
시린 가슴 채우고
못 건진 슬픔 뒤로하고 잠을 잔다
어둠속 바람 잠들 때까지.

12월의 금강

온 누리
하얗게 덮던 눈도
얼어붙게 하던 바람도
영하에 묻혀 버린 밤

심장의 고동소리조차
고요와
정적 속에 잠겨
겨울밤은 조용히
깊어만 가는데

싸늘한 달빛이
난간에 부서져
깨어진 믿음
쏟아져 내리고

어둠 속을 너울거리며
잠 못 이루는 나는
겨울 강을 지키는
고독한 나목裸木이 된다.

삶의 여울에서 찾은 철학적 사유
– 김응길 시인의 2시집 작품 세계–

문학평론가 **리 헌 석**

(사) 문학사랑협의회 이사장

1.

김응길 시인은 2004년에 첫 시집 『그리하여 포말이 되고 싶다』를 발간하여 문단에 새로운 바람을 일으켰다. 그 작품들을 감상하고 집필한 해설 「어둔 밤에 환한 길 찾기」에서 〈현실의 질곡(桎梏) 속에서 절망은 자라지만, 시인은 그 절망을 극복할 수 있는 예지를 가꾼다. 그래서 시인은 불행 속에서 행복을 노래할 수 있고, 좌절 속에서 희망의 꽃을 피울 수 있다. 김응길 시인 역시 그러하다.〉고 정리한 바 있다. 첫 시집에 수록된 작품을 빚을 때에 시인은 방황의 세월을 보냈던 것 같다. 눈물어린 정서 위에 정결한 무지개를 세우고자 노력하는 내면이 여실하였다.

그 바탕에서 김응길 시인의 2시집 『쉼표와 마침표』를 정독하면서, 작품마다 오롯하게 자리를 잡은 철학적 사유에 놀란다.

구체적 감각과 추상적 사유가 결합하여 눈부신 은유를 생성하고 있기에 그러하다. 작품 「잡초」에서 〈뻗을 만큼 다리를 뻗고 / 소용돌이치는 세상에서/ 꼼짝하지 않는 것〉 〈욕심 없이 살아가는/ 성품〉을 통하여 '청개구리'와 '인간' 내면의 절묘한 결합을 보인다. 또한 〈지금까지/ 바람이/ 낙엽을/ 흔들고 있는 줄〉 알았는데, 〈낙엽에게/ 마음 붙들려/ 바람이 흔들리고〉 있다는 시인의 역설적 사유가 작품성을 높이고 있다.

몸에 난 상처는
옷으로 가리고

얼굴에 난 상처는
화장으로 가리고

내 마음에 난 상처는
네가 가리고

네 마음에 난 상처는
내가 가리고

우리 마음에 난 상처는
세월로 가리고.

— 「가리개」 전문

지극히 단순한 발상이면서도 다시 읽게 하는 마력(魔力)을 지닌 작품이다. 5연 모두 '가리고'를 활용하여 낱낱의 연이 현재진행형이다. 1연의 〈몸에 난 상처는/ 옷으로 가리고〉와 2연의 〈얼굴에 난 상처는/ 화장으로 가리고〉는 '구체(具體)'와 '구체

(具體)'가 만드는 동질적 서술이다. 그렇지만 3연의 〈내 마음에 난 상처는/ 네가 가리고〉와 4연의 〈네 마음에 난 상처는/ 내가 가리고〉에서 인간관계의 긍정적 우주관을 담아낸다. 이 바탕 위에 5연의 〈우리 마음에 난 상처〉를 세월에 표백시켜 이룬 언어 예술의 경지는 잠언에 이르게 한다. 이 작품은 구체와 추상의 절묘한 결합과 함께 한 단어의 5회 반복으로 점층적 강조 효과를 생성한다.

김웅길 시인은 청년 교육자로서의 갈등, 그리고 부친과 누님의 교통사고 사망 등으로 내면적 갈등에 시달리다가 1993년에 교육계를 떠난다. 스스로 감내할 수 없는 상황에서 문학 창작은 새로운 탈출구 역할을 하였고, 1998년에 『문학 21』과 『오늘의문학(문학사랑)』 신인작품상에 당선되어 등단한다. 이를 계기로 마음이 안정되어 1999년에 교단에 복귀한다. 이후 몇 년간 작품 창작에 정진하여 2004년에 첫 시집 『그리하여 포말이 되고 싶다』를 발간하였고, 10여 년이 지난 2016년에 두 번째 시집 『쉼표와 마침표』를 발간하여 내면의 변화를 실증(實證)하고 있다.

2.

세상은 길로 이어져 있다. 길은 시작이면서 동시에 쉼표가 되기도 하고, 끝내는 마침표에 이르기도 한다. 김웅길 시인이 가꾸는 삶 역시 하나의 여정일 터이고, 그 여정 사이에 쉼표와 마침표가 반복적으로 진행되고 있다. 정서적 불안을 극복하기 위해 떠난 길에서 온갖 희로애락(喜怒哀樂)을 경험한 후, 새로운 깨달음을 얻은 시인은 관조적 경지에 이른다. 갈등 끝에 선택한 「귀로(歸路)」에서 그는 자신의 방황을 〈우산 끝에/ 머물다 떨어지는/ 빗방울의 동심원/ 무심코 돌아보면/ 한 뼘도 못 되는/ 만남의 길〉로 인식한다. 이는 생명을 걸고 지키거나 찾으려고 하던 일들이 지극히 사소하게 보이는 과정의 시작이다.

이러한 인식은 〈낙엽의 형형색색은/ 변덕 심한/ 내 마음〉처럼 흔들리다가 날리는 「낙엽」의 속성에서, 〈담지 못한 게 있다면/ 썩어 거름이 될 줄 모르는/ 나의 고민〉이라는 내면적 자각에 이른다. 원인을 분석할 수 있다면, 해결 방안도 있게 마련이다. 그리하여 그는 서정의 중심을 이루는 '모성(母性)'에 의지하여 방랑의 여정에 쉼표를 찍는다.

> 홀어머니 모시고
> 바닷가에 섰다.
>
> 바람에 몸을 맡긴 갯벌
> 힘없이 걸터앉은 낡은 배
>
> 봄날의 싱싱함도
> 여름날의 강렬함도
> 가을날의 황홀한 낭만도
> 모두 접고
> 침묵으로 흔들리는 겨울
>
> 유년 시절의 서러운 기억을
> 모두 잊으리라,
> 몸을 맡긴 바다는

어머니의 주름살 너머에서
아우성치고 있다.
　　　　　　　　　　　── 「여객선 부두」 전문

　시인은 어느 겨울에 '홀어머니'를 모시고 바닷가에 선다. 매서운 겨울바람은 갯벌을 두드리며 내달리는데, 그 한쪽에 낡은 배 한 척이 오지도 가지도 못한 채 엎혀 있다. 그 낡은 배를 보면서 시인은 어머니의 삶을 유추한다. 〈봄날의 싱싱함도/ 여름날의 강렬함도/ 가을날의 황홀한 낭만도〉 모두 지나간 추억일 뿐, 바닷가는 〈침묵으로 흔들리는 겨울〉이다. 이러한 상황에서 시인의 감수성은 〈몸을 맡긴 바다는/ 어머니의 주름살 너머에서/ 아우성치고 있다.〉는 절창(絕唱)을 빚어내는데, 이러한 능력이 바로 김웅길 시인을 시인답게 하는 요인이다.

　어머니와 바다의 동질성을 통해 시인이 〈유년 시절의 서러운 기억〉을 잊고자 하는 것처럼, 자신이 최선이라고 생각하며 달려온 길에서 잠시 휴지기를 갖고 지나온 삶을 돌아본다. 작품 「쉼표와 마침표」에서 시인은 자신이 선택한 길을 〈접는 것도 삶으로 가는/ 지혜의 통로이려니/ 미련으로 붙잡은/ 그 날의 부끄러움이/ 간혹 고개를 들면/ 모든 것에 그렇게/ 쉼표를 찍으며〉 진로를 점검한다. 그리하여 일상에서 만나는 사물이나 인물을 서정의 세계로 끌어 들인다. 김춘수 시인의 「꽃」처럼 그 사물들은 시인에게 새로운 이름과 의미로 다가온다.

　파도가 옆구리를
　자꾸 내리친 흔적이
　절벽으로 남는데

그것을 절경이라고 한다.

거기에 풍란이 꽃을 피우고
괭이 갈매기가 새끼를 친다.

너와 나, 남남으로 사는
우리들 옆구리엔
남모르는 절벽이 있다.

파도가 할퀴고 간 흔적이
깊을수록 경치는 아름답고
풍란향이 깊다.

당신과 나는
서로 다른 섬이다.
아득한 거리에서
상처의 향기로 서로 부르는.
　　　　　　　　― 「바위섬, 아내에게」 전문

　첫 시집에서 보이지 않던 '아내'가 둘째 시집에서는 여러 편
에 등장한다. 내면의 갈등과 세상의 풍파를 극복하기 위해 전
심전력(全心全力)을 다하던 젊은 시절에는 시인의 눈이 세상으
로 열려 있게 마련이다. 그 후, 다시금 돌아와 현실에 자리를 잡
은 시인에게는 평소에 작게 보이던 사람과 사물들이 오히려 더
크고 소중하게 인식된다. 그리하여 〈이제는 돌아와 거울 앞에
선〉 서정주 시인의 「국화 옆에서」처럼 그의 아내 역시 서정의
중심 제재로 기능한다.

　조용히 일어나 청소를 하는 「아내의 하루」도 소중해 보인다.

특히 자신으로 환치시킨 '소파'는 〈앉아만 있다.〉 바쁜 아내의 하루를 보면서도 〈앉아만 있다.〉 아내의 숨소리가 커져도 〈앉아만 있었다.〉고 묘사하여 가정사에 무관심했던 행태를 후회하는 마음을 작품에 담는다. 이러한 내면이 「부부」에도 생생하게 그려져 있다. 시인은 달빛에 잠이 깨어 아파트 베란다에 선다. 빨래건조대에 나란히 걸려 있는 아내와 자신의 속옷을 보면서 〈어두운 밤/ 서로를 토닥이며/ 하얗게 말라가는 모습이/ 꼭 우리네 삶 같다.〉고 노래한다. 지극히 작은 소재에서 삶의 양상을 궁구(窮究)하는 자세가 신선하다.

3.

젊은 시절에는 대부분 밖으로 눈을 돌려 새로운 세상의 새로운 경험을 추구하는 원심력(遠心力)에 경도(傾倒)된다. 때로는 그리스 신화의 이카루스처럼 태양을 향하여 날아가고자 한다. 그러나 여러 일들을 경험하고 세월이 흐르면 대부분 구심력(求心力)에 의지하게 마련이다. 그리하여 가정 고향 자연 등에 시선을 두기도 하고, 때로는 수구초심(首丘初心)의 의미를 되새기게도 된다.

김웅길 시인의 작품 창작 양상도 이러하다. 그는 백제의 수도였던 충청남도 부여군에서 살고 있다. 태어나고 자란 곳은 아니지만, 청년기와 중년기를 부여에서 보냈으니, 부여가 바로 새로운 고향이며 동시에 삶의 보금자리다. 특히 시다운 시를 빚고자 하는 그에게 부여의 '신동엽 시인'은 우상으로 작용한다. 그는 평소에도 「신동엽 시비」를 자주 찾아 무디어 가는 시심을 다잡는다. 어느 여름날 장대비가 내리는 날에도 시비(詩碑)를 찾는다. 빗물에 젖은 시비의 모습을 바라보던 시인은 〈생채기 난 잿빛 대리석/ 모래톱에 앉아/ 하늘을 품는다.〉고 묘사한다. 이렇듯이 그는 부여에 산재한 역사적 사물에 서정의 프리즘을 활용한다.

다하지 못한 말들을 뒤로 한 채
오늘도 금강을 가로 지른다.
해는 져 어두워도
아직도 반이나 남은 하루
달 떠오르는 하늘
샛별이 발길을 재촉한다.
오늘 다음 내일이 오고
내일 위해 오늘을 산다 하나
내일은 언제나 내일이고
오늘은 언제나 오늘일 뿐.
존재의 의미 속에
최선을 다할 때
어제도 내일도 축복 받는 삶
어제의 미련도 내일의 집착도
한갓 인간의 접시 속 망상.
어두운 밤길
초라한 달빛에 기대어
무심히 흐르는 강물이 된다.
　　　　　　　　　── 「수북정 소곡(小曲)」 전문

특정한 사물이나 명승지를 형상화하게 되면, 대체로 그 유래나 모습을 묘사하거나 서술 혹은 설명한다. 이 바탕 위에 시인의 정서적 충격을 담아내게 마련이다. 이러한 양상의 작품들은 시인의 개성이 드러나지 않고, 시인의 이름을 가리고 감상해도 좋을 정도로 유사성을 띤다. 따라서 이러한 창작 양태(樣態)를 극복하여 자신만의 독자성을 확보하는 것이 중요한데, 김웅길 시인은 훌륭하게 성공하고 있다.

이 작품 어디에도 〈수북정(水北亭)은 충청남도 부여군에 있는 정자이다. 부여팔경(扶餘八景)의 하나로 경치가 매우 아름다운 곳으로 자온대 위에 건립된 정자이다. 동에는 부소산(扶蘇山)과 나성(羅城)이 있고 정자 밑에는 백마강(白馬江)이 맑게 흐르고 있다. 1984년 5월 17일 충청남도 문화재자료 제100호로 지정되었다.〉는 기록이 보이지 않는다.

이 작품은 수북정에서 찾아낸 철학적 사유가 작품을 관통하면서 감동을 생성한다. 〈아직도 반이나 남은 하루/ 달 떠오르는 하늘/ 샛별이 발길을 재촉한다.〉〈어두운 밤길/ 초라한 달빛에 기대어/ 무심히 흐르는 강물이 된다.〉는 절묘한 시구(詩句)를 통하여 시인의 관조적이고 긍정적인 내면을 오롯하게 펼치고 있다. 이러한 형상화는 「궁남지 소곡」「백마강 소곡」 등에서도 한결 같아 김웅길 시인의 작품 수준을 높이는데 이바지하고 있다.

　　방학 내내 비워 두었던 교실에 들어섰다.
　　난향(蘭香)으로 가득 찬 교실
　　고갈(枯渴)된 화분에서
　　살기 위해 그리도 애써온 세월

　　고맙다. 너무 고맙다.

그래, 그런 거다.
때로는 먹먹하도록 눈물겨운 기다림이
아름다운 미래를 만들기도 하겠지.

아픈 미소를 머금고 있는 화분처럼
모든 것 품어 안고
허공(虛空) 되어 기다리는 것,
가르침도 이와 같은 기다림일는지 몰라.
                              ─「기다림」 전문

　김웅길 시인이 이와 같은 작품을 빚기까지는 오랜 기간 시련과 고통의 터널을 지났을 것이다. 초등 교육에 대한 순수한 열망으로 나섰던 그가 교직을 떠나 방황의 세월을 보낸 것, 그러다가 다시 돌아온 것을 기억하면, 이 작품을 이해하는데 도움이될 터이다. 이 작품은 방학 기간에 돌보지 못한 화분이 살아남아 꽃을 피우고 향기를 나누는 것에서 '가르침'에 대한 의미를접합(接合)시킨 것이지만, 이런 의미 외에도 다양한 해석을 가능하게 한다.
　그는 교사로서 어둔 곳의 비상구 역할을 하고자 한다. 교육자의 삶이 환한 세상에서 아름다운 모범을 보이는 것도 중요하지만, 어둔 세상에서 환한 세상으로 인도하는 것은 더욱 소중하기 때문이다. 〈초록색 비상구〉를 〈밤새워 열려고 애를 쓰지만/고집 센 너는 헛돌고 있구나.〉에서 시인은 체념에 가까운 교육자의 안타까운 정서를 환기한다. 때로는 그 비상구를 열기 힘든 상황에 직면하게 될 때, 어린이를 위해 최선을 다하여 노력하면서 괴로워한다. 이런 자세를 견지하는 한, 김웅길 시인은 훌륭한 교육자로 존경받으며 보람 또한 크게 거두리라 믿는다.

4.

　김웅길 시인은 관조적 자세가 생활화된 듯한 작품들로 둘째 시집을 발간한다. 작은 행복에 자족하는 생활인으로서의 자세가 확연하다. 〈아내가 운전하는/ 차에 올라/ 중년의 아침을〉여는 「출근길」에서도 행복해 한다. 〈희망찬 눈빛으로/ 먹이 달라/ 놀아 달라 보채는/ 병아리들의 합창소리〉를 들으러 출근하는 길에서도 행복해 한다. 〈금강대교를 건너며/ 문득 올려다본 하늘〉에서도 행복을 찾는다.

　이 행복 안에서 그는 누군가에게 '비오는 날의 우산'이 되고자 한다. 글을 쓰는 것이 행복한 시인은 보도블록이 '익숙한 원고지'로 보여도 신명이 난다. 지난 삶을 돌아보면서 자성(自省)의 여유(餘裕)를 승화시킨다. 〈타인에 떠밀린 탓보단/ 스스로의 잘못된 선택들로/ 잘못 써온 자서전〉이 작품으로 형상화된다. 때로는 〈마른 가슴에/ 빗물이 스며들어/ 촉촉이 적셔주는/ 누군가의 손길〉을 기다리는 사람들에게 빗물이 되고자 한다. 이 빗물은 재잘거리는 '여울'에서 새로운 의미로 거듭난다.

　　성난 듯 울부짖는 아우성
　　부딪치고 고꾸라지고 흐트러지는
　　거친 물살이
　　하얗게 아픔을 토해내며
　　맑아진 강물

　　역경과 절망
　　힘겨운 시련의 인생길
　　여울처럼 지나고 나면

경건하게 낮아지는
겸손한 자아

성찰의 눈길에 남는
행복의 편린
잔잔한 삶에 뿌려지는
물젖은 모래알처럼
아늑한 노랫소리로 마음을 씻는다.

                                  —「여울」 전문

　여울은 물이 급하게 흐르는 곳이다. 잔잔한 물은 썩게 마련이지만, 흐르던 그 물이 경사진 여울을 만나 흔들리고 부서지면서 다시금 생명력을 복원한다. 여울이 깊을수록 물살이 세게 흐르고, 하얀 거품이 일어나면서 물은 정화된다. 〈성난 듯 울부짖는 아우성/ 부딪치고 고꾸라지고 흐트러지는/ 거친 물살〉을 통하여 강물이 맑아지듯이, 세상에서 부딪치며 많은 경험을 한 사람이라야 삶을 관조하게 마련이다. 〈여울처럼 지나고 나면/ 경건하게 낮아지는/ 겸손한 자아〉로 거듭나게 된다.

　김웅길 시인은 삶의 여울을 거치면서 지천명(知天命)에 이른다. 그 동안 외면하거나 사소하게 보이던 사물들에 따스한 눈길을 준다. 그리하여 일상의 작은 일들이 소중하게 다가온다. 스쳐 지났던 날들이 추억 속에서 새롭고 아름답게 열린다. 교육에 대한 뜨거운 열정으로 교단을 지킨다. 가정에서도 아내와 자녀들에게 자상한 가장으로 거듭난다. 이러한 변화가 그의 작품에 투영되어 '맑은 강물'처럼 삽상(颯爽)한 감동을 생성한다. 그가 앞으로 빚어낼 작품을 기대하게하는 소이연(所以然)이다.

쉼표와 마침표

김웅길 시집

발 행 일 | 2016년 2월 20일
지 은 이 | 김웅길
발 행 인 | 李憲錫
발 행 처 | 오늘의문학사
출판등록 | 제55호(1993년 6월 23일)
주   소 | 대전광역시 동구 대전로 867번길 52(삼성동 한밭오피스텔 401호)
전화번호 | (042)624-2980
팩시밀리 | (042)628-2983
홈페이지 | http://www.lito77.co.kr(홈페이지)
전자우편 | hs2980@hanmail.net

공 급 처 | 한국출판협동조합
주문전화 | (070)7119-1741~2
팩시밀리 | (031)944-8234~6

ISBN 978-89-5669-739-0
값 8,000원